Wäller Weisheiten

Wie Opa die Welt sieht

Bibliografische Information der Deutschen Nationalbibliothek
Die Deutsche Nationalbibliothek verzeichnet diese Publikation
in der Deutschen Nationalbibliografie; detaillierte bibliografische
Daten sind im Internet über http://dnb.d-nb.deabrufbar.

© 2019 Thorsten Ferdinand
Herstellung und Verlag:
BoD - Books on Demand, Norderstedt

ISBN: 9783750408722

Inhaltsverzeichnis

Baupfusch nach dem Krieg	09
Der moderne Landstreicher klaut Reifen	10
Pädagogik aus dem Handgelenk*	11
Lumpenkrämer handeln nicht mit Uhren	13
Nackenschläge gegen die Sucht	14
Altes Geld für neue Waren*	15
Winter gehört im Westerwald dazu	16
Feldpost für Westerburger Wölfe	17
Flotter Stuhlgang auf dem Beifahrersitz	19
Echte Wertarbeit aus Balkonien*	20
Trotz Ohrenschmerzen nicht zum Veterinär	21
Blaumann im Stile eines Schweizer Käse	22
Ungenießbarer Reis aus Amerika	23
Unnötige Ausgaben für Waldarbeiter	25
Von der Rentenkasse frühzeitig abgehakt	26
Pünktlicher Eintopf geht durch den Magen*	27
Zwischen Spaßmachern und ganz viel Unsinn	28
Ruhestand statt ständigem Ärger	29
Die Gabi mit dem runden Kopf	31
Kein Stimmrecht für die Gattin	32

Wenn Mondbälle bis nach Charkow fliegen	33
Ein Opa braucht keine Geschenke	34
Nur im Winter Zeit für Ersatzteile	35
Schädlinge direkt aus der Hölle	37
Brandmeister spart sogar Sauerstoff	38
Von kostbarem Nass und altem Brot*	39
Extravagante Wünsche von dicken Bauern	40
Eine Peitsche für Geißbock Gabi	41
Sonntags trägt Opa feinen Zwirn	43
Für die Kutschfahrt herausgeputzt*	44
Als man noch in Mundart mobbte	45
Ein Glotzkasten für junge Leute	46
Knaddelpidder auf dem Weg zur Ökumene	47
Im Strohsack unter die Birke*	49
Am Geburtstag bloß nicht übertreiben	50
Frecher Rotwein aus dem Rettungspaket*	51
Wie ein Mannskerl zum Lapparsch wird	52
Echte Arbeiter brauchen kein Navigationsgerät*	53
Katzen-Schmierseife aus dem Rasenmäher	55
Als in Opas TV nur noch Radio lief	56

Ein Opa wirft nichts weg	57
Vom Urlaub im eigenen Garten	58
Ausweispflicht kann Opa nicht beeindrucken	59
Ave Maria schlägt amerikanisches Geschrei*	61
Als Opa fast zum Politiker wurde	62
Mit neuer Brille aufs Zweirad umgestiegen	63
Frühlingsbeginn in dicken Wolldecken	64
Opa-Trick lässt Gauner alt aussehen	65
Der Stammhalter aus dem Ei*	67
In unseren Herzen lebt Opa weiter	68

bislang unveröffentlichte Geschichte

Zur Erinnerung an

Gottfried Ferdinand
1922-2019

Vorwort

Mehrere Jahre lang haben viele Leser die Geschichten über meinen Opa verfolgt. Die Rückmeldungen reichten von „Unser Opa war genauso" bis hin zu „Das hat unser Papa auch immer gesagt". Opa war offensichtlich in den Augen vieler Menschen ein Westerwälder Original.

Nach seinem Tod im August 2019 wurde ich häufiger gefragt, ob es die Anekdoten irgendwo gesammelt zu lesen gibt. Eine solche Sammlung möchte ich nun mit diesem kleinen Buch präsentieren. Es enthält darüber hinaus einige neue Geschichten, die erst in der Erinnerung an meinen Opa entstanden sind. Diese sind im Inhaltsverzeichnis gekennzeichnet.

Opa war ein bescheidener Mann, der nicht besonders gerne im Mittelpunkt stand. Er sah sich selbst als „aanfache Oarfeter un Boure Jung, dä net estamiert werrn wollt". Anfangs war er deshalb durchaus skeptisch, als ich damit begann, Geschichten über ihn zu veröffentlichen. Mit der Zeit aber änderte er seine Meinung, da er viel Lob und Zuspruch aus seiner Familie und von seinen Freunden erhielt. Irgendwann begann er sogar damit, mich zum Schreiben neuer Geschichten aufzufordern und nachzufragen, wann endlich wieder einmal eine Anekdote von ihm erscheint. Ich gehe deshalb davon aus, dass diese Buchveröffentlichung auch in seinem Sinn wäre. Es war ihm schließlich stets ein Anliegen, der jüngeren Generation etwas von den Erfahrungen der Älteren mitzugeben. „Mah muss och Liehr onnomme", hätte Opa gesagt. Dieses Buch soll dazu – in unterhaltsamer Form – einen Beitrag leisten.

Baupfusch nach dem Krieg

Als der Zweite Weltkrieg ausbrach, war mein Opa gerade einmal 16 Jahre alt und noch weit entfernt von der Mitte seines inzwischen schon sehr langen Lebens. Trotzdem waren die damaligen Erlebnisse so einschneidend und prägend, dass es seitdem nur noch zwei Zeitkategorien für ihn gibt: „viehrm Kriesch" und „noohm Kriesch". Alles, was nach dem Krieg entstand, ist neu und darf nicht kaputt gehen.

Heute Morgen muss Opa aus der Zeitung erfahren, dass es das Rathaus der Verbandsgemeinde Montabaur erwischt hat. Anfang der 80er-Jahre erbaut, ist das Gebäude in Teilen bereits feucht und marode. Vermutlich ein Millionenschaden. „Hos dau dot gelese?", fragt mich mein Opa aufgeregt. „Dot neije Rathaus in Mondebauer es schon gabott." Da ich den Artikel selbst geschrieben habe, kann ich die Frage bejahen und meine Antwort noch mit einigen Details anreichern. Mein Opa ist schockiert. „Alle mäschdischer Gott! Dot es doch irscht noohm Kriesch gebaut wurrn", schimpft er. Sein Zorn trifft die damalige Bauaufsicht. „Die Kerle, die domohls geschlofe honn, die misste haut noch Schmiss krien", findet mein Opa und fordert eine drakonische Bestrafung. „Die dierfte nimmi offm Arsch setze konne." Tatsächlich muss die Bauaufsicht wohl keine blauen Flecken auf dem Gesäß befürchten. Die Garantie für das neue Rathaus ist, obwohl erst lange nach dem Krieg erbaut, bereits abgelaufen...

Der moderne Landstreicher klaut Reifen

Heute Morgen sitzt Opa mürrisch hinter der Zeitung. Die Stimmung ist angespannt, weil ich gestern Abend einige Sicherheitsanweisungen nicht befolgt habe. „Die Hausdiehr wohr net abgeschlosse", raunzt er mir zu. „Ich weiß. Sie war aber trotzdem zu." Kurzes Schweigen. „Doh konne Enbrescher rennkomme", ergänzt mein Opa. „Einbrecher kommen meistens durch die Terrassentür", versuche ich, mein Versäumnis kleinzureden. „Dot hot naut ze bestelle." Gegen diese Universalabwehr meiner Argumente bin ich machtlos. Die erste Runde geht an meinen Opa, doch der zweite Schlagabtausch steht noch bevor.

„Die Garahsch wor die ganse Noocht off. Do konne Kerle, die nix daache, ohser Audoreife klaue." Auf diesen Kritikpunkt war ich mental vorbereitet. „Mir wäre es ganz recht, wenn die Reifen geklaut würden. Die sind eh nichts mehr wert und ich muss sie entsorgen lassen." Ein kurzes siegessicheres Grinsen huscht über mein Gesicht, doch auch mein Opa hat offenbar mit Gegenwehr gerechnet. „Doh konne sisch Landstreischer in ohser Garahsch leehe", fügt er belehrend hinzu. Ich gebe auf und gelobe Besserung. Mit dem Thema Landstreicher kenne ich mich nun wirklich nicht aus…

Pädagogik aus dem Handgelenk

Wenn der Nachwuchs mit einer schlechten Note aus der Schule nach Hause kommt, dann ist heutzutage oft der Lehrer schuld. Dieser hat es eben nicht geschafft, den Stoff verständlich zu vermitteln. Nicht umsonst fürchten einige Pädagogen den Elternsprechtag mehr als einen aufmüpfigen Schüler oder eine laute Klasse.

In der Kindheit meines Opas hingegen war Kritik am „Schulrat" noch undenkbar. Dieser war eine Respektsperson im Dorf und rangierte in der Achtung gleich „hinner dem Basduur" und noch vor dem „Bollemaaster". Zu beneiden waren die Pädagogen damals trotzdem nicht, denn sie mussten in einem einzigen Klassenraum mehrere Altersstufen gleichzeitig unterrichten. Wer nicht zuhörte oder gar störte, hatte mit körperlicher Züchtigung zu rechnen. Als erzieherische Maßnahme setzte es Schläge mit einem dünnen Stock, dem sogenannten „Witzje", auf die flache Handfläche. Und diese Stöcke mussten die Schüler auf Anweisung des Lehrers selbst im Forst besorgen. Heute würde man wahrscheinlich von psychischer Folter sprechen. Mein Opa und seine Klassenkameraden nutzten die Gunst der Stunde hingegen, um das „Witzje" des Schulrats schon im Wald mit einem Messer anzuritzen, damit ein Schlag nicht so weh tat und der Stock leichter durchbrach. Zu offensichtlich durfte die Manipulation jedoch nicht sein, denn wenn das „Witzje" allzu schnell kaputt ging, hatte der Dorfschullehrer die Sache durchschaut und verstand dann keinen Spaß. „Da hat dot Schessje ohmends Kirmes", erinnert sich Opa noch heute an das schmerzende Gesäß. Eine Beschwerde bei den Eltern konnten sich die Kinder damals gleichwohl sparen, denn diese hätte garantiert noch mehr Ärger gebracht.

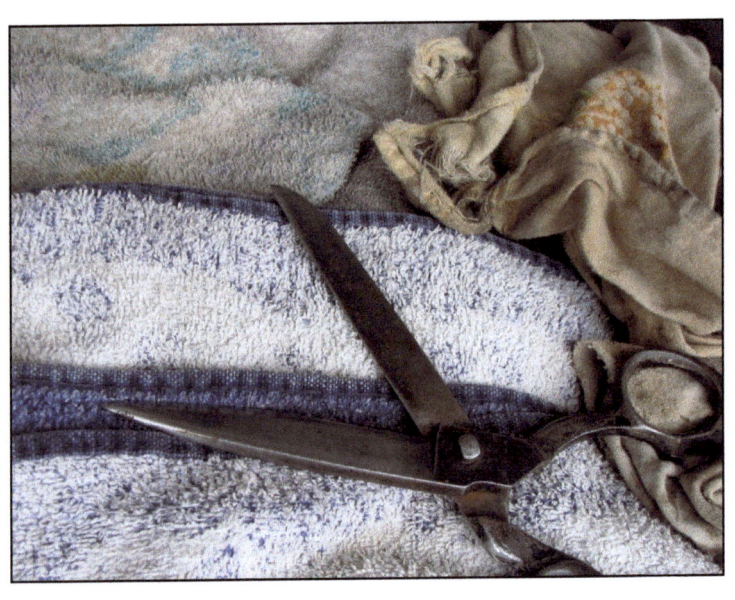

Lumpenkrämer handeln nicht mit Uhren

Als mein Opa ein Kind war, klingelten in unserem Heimatort noch keine Drückerkolonnen und Staubsaugervertreter an den Türen. Die fahrenden Händler der damaligen Zeit waren Lumpenkrämer und Scherenschleifer – zwei Berufsgruppen also, die es heute kaum noch gibt. Trotzdem verwendet mein Opa die Worte noch regelmäßig, wenn es um die Beschreibung der modernen Verkäufer geht. „Dä hot e Maul wie en Schereschleifer", heißt es etwa, wenn ein fahrender Lebensmittelhändler oder ein Staubsaugervertreter vor der Tür steht. Offenbar musste auch der Scherenschleifer seine nicht ganz billigen Dienstleistungen mit vielen Worten anpreisen.

Heute hat es Opa auf den Schrotthändler abgesehen, der mit dem lauten Ruf „Alt-Eisen" durch unsere Straße fährt. In der Garage meines Opas steht eine alte Wohnzimmeruhr, die längst vom Holzwurm zerfressen ist. Diese möchte Opa dem Schrotthändler übergeben und dafür noch ein paar Euro kassieren – die Uhr geht schließlich noch. Der potenzielle Käufer zeigt sich allerdings wenig kooperativ und lehnt die Offerte dankend ab. Nicht einmal umsonst will er die alte Uhr mitnehmen. Opa ist bedient. „Mach disch ab, du ahler Lompekrämer!", ruft er dem undankbaren Geschäftsmann hinterher. Vermutlich kein Kompliment. Die alte Uhr wirft er einem anderen Schrotthändler in einem unbeobachteten Moment einfach auf den Wagen. Ordnung muss schließlich sein. Und ein Scherenschleifer als potenzieller Handelspartner war gerade leider nicht in Sicht…

Nackenschläge gegen die Sucht

Opa ist ein Meister der Selbstdisziplin. Von Rauchen und Trinken hält er nicht viel. Gerne erzählt er die Geschichte, wie sein eigener Opa einst seine Pfeife mit einem „Bejlsche" zerschlug, weil „dä Dubak dejrer wurrn es". Die Preiserhöhung beim Tabak führte demnach zu nachhaltiger Abstinenz. Längst verdrängt hat Opa hingegen, dass er bis in die 60er-Jahre selbst geraucht hat. Erst gesundheitliche Beschwerden führten dazu, dass er dem blauen Dunst entsagte – so zumindest ist es in der Familie überliefert. Uns hingegen erzählt Opa gerne, dass er aus purer Willenskraft aufgehört hat. „Die ganse Kerle, die net offhiere konne, senn in meine Aue Lappärsch", fügt er dann hinzu. „Wenn se hinnerher krank senn, kann isch se net douern."

Nun ist die ganze Kritik eigentlich ziemlich überflüssig, denn im familiären Umfeld meines Opas raucht inzwischen niemand mehr. Doch obwohl meine Mutter und meine Brüder schon vor Jahren aufgehört haben, bleibt Opa seinem Kurs treu. „Moh seehn, wie lang se dot durschhaale", gibt er zu bedenken. Ein lobendes Wort kommt nicht über seine Lippen. „Mir senn frieher och net gelobt wurre", erklärt er stets. „Wer net gespurt hot, kroch se hinner die Uhre." Wer weiß: Vielleicht sind Nackenschläge am Ende doch ein viel effektiveres Mittel der Rauchentwöhnung als Akupunktur...

Altes Geld für neue Waren

Seit 2002 wird in Deutschland bekanntlich mit Euro bezahlt. Opa hat die Abschaffung der Mark aber bis heute nicht komplett akzeptiert. Immerhin hieß die Währung in seiner Kindheit und Jugend schon so, auch wenn es damals noch die Reichsmark und nicht die Deutsche Mark war. Opa gehört allerdings nicht zu den Menschen, die der Mark als vermeintlich härtere Währung aus nostalgischen Gründen nachtrauern. Die Skepsis gegenüber dem neuen Zahlungsmittel hat für ihn vor allem praktische Gründe: Er kann die Ein- und die Zwei-Euro-Stücke schlichtweg nicht unterscheiden - und er wundert sich regelmäßig, warum selbst das 50-Cent-Stück eine ähnliche Größe hat. „Dot es doch lauder Bleedsinn", ärgert er sich dann. „Wie solle ällere Leijt dot dah erkenne? Dot musse die Dollesse doch och geseh honn! "

Auch gedanklich hat Opa die Umstellung auf den Euro nicht vollends mitgemacht. Seine Rente kommt ihm jedenfalls deutlich mickriger vor, seit der Betrag nur noch dreistellig ist. Und bei Preisangaben verwendet er weiterhin konsequent das Wort Mark. „Wot kost da en Hängel Wurscht?", fragt er beispielsweise, wenn er etwas aus dem Supermarkt oder der Metzgerei mitgebracht haben möchte. „Kost dä vier oder fünf Mark? " Meine Bemerkung, dass es sich hierbei um eine Preisangabe in Euro handelt, kommentiert er mit einer abfälligen Handbewegung. „Wenn isch Mark sohn, da mahne isch Euro", erklärt er mir. „Un bei mir häßt dot och immer noch Penning und Grosche! "

Winter gehört im Westerwald dazu

Bei den winterlichen Wetterverhältnissen lassen sich die Verkehrsteilnehmer grob in zwei Gruppen unterteilen: die Ängstlichen und die Furchtlosen. Zumindest im Westerwald sind Letztere in der Mehrzahl. Während man in den milderen Flusstälern immer wieder Autofahrer beobachten kann, die schon bei wenigen Schneeflocken panikartig am Lenkrad kurbeln, sind Winter und Schnee für die meisten Wäller etwas ganz Normales. Nicht umsonst eilt unserer Heimat der Ruf voraus, dass hier der Wind besonders kalt pfeift.

Auch mein Opa zählt zu den Ur-Westerwäldern, die über einen herkömmlichen Winter nur müde lächeln können. „Dot bissje Schnie, dot es doch net vill", pflegt er bei solchen Witterungsverhältnissen zu sagen. Den Streusalzeinsatz vor seiner Haustür hat er über Jahrzehnte kategorisch abgelehnt, denn „dovon giehn die Platte gabott". Die Heizung schaltet er stets nicht vor Dezember ein und pünktlich zum 1. März ab, denn für Opa ist der Winter dann vorbei. Nur die Farbe seiner Nase lässt gelegentlich erkennen, dass selbst für ihn kein angenehmes Wohlfühlwetter herrscht. Zugeben würde Opa das jedoch nicht. „Hej es et joh net kalt! Kalt esset in Russland!", pflegt er in solchen Fällen zu sagen. Und zur Not kann man sich ja noch in „en wohrme Wolldeck enweckele".

Feldpost für Westerburger Wölfe

Mein Opa ist zu einer Zeit aufgewachsen, als der Montabaurer Konrad-Adenauer-Platz noch Juxplatz hieß und als es normal war, sich mit Pferdefuhrwerken oder gar zu Fuß von Dorf zu Dorf zu bewegen. Es gab damals jedoch eine Region, die noch rückständiger war: der Oberwesterwald. Einige Vorurteile über diese Gegend halten sich bei meinem Opa bis heute hartnäckig. Zeitungsmeldungen über Stromausfälle, Rohrbrüche oder gar Naturkatastrophen aus dem oberen Kreisteil verwundern ihn nicht. „Geb Oocht, doh obe gebt et noch Welf", gab er mir augenzwinkernd mit auf den Weg, als ich im Jahr 2005 mein Zeitungsvolontariat in Altenkirchen antrat. Damals war dies zweifellos noch nicht ernst gemeint.

Heute muss Opa erfahren, dass mein kleiner Bruder einen Untersuchungstermin bei einem Facharzt in Westerburg hat. „In Westerbursch?", fragt mein Opa ungläubig nach. Er will ganz sicher sein, dass er sich nicht verhört hat. „Gebt et dann in Westerbursch bessere Doktern wie in Mondebauer?", möchte er wissen. Vielleicht keine besseren Ärzte, aber andere, lautet die Antwort. Hier kann etwas nicht mit rechten Dingen zugehen. Mein Opa fühlt sich auf den Arm genommen und beendet das Gespräch mit einem ironischen Kommentar. „In Westerbursch es doch fiehr Kurzem irscht die letzte Feldpost ausm Kriesch onkomme", stellt er klar. Vielleicht kann ich ihm ja demnächst von der erfolgreichen Einführung des Farbfernsehens im Oberwesterwald berichten…

Flotter Stuhlgang auf dem Beifahrersitz

Mit über 90 Jahren fährt Opa immer noch Auto. Kleinere Defizite beim Reaktions- und Sehvermögen gleicht er laut eigener Aussage durch Erfahrung aus. Diese jahrzehntelang antrainierten „Kniffe" gibt er gerne auch an die jüngere Generation weiter, zum Beispiel wenn es um das korrekte Einparken in unserer Einfahrt geht. „Dobei muss ma gucke un denke", lautet zumeist die Empfehlung. Wer derartige Ratschläge nicht ernst nimmt, muss darüber hinaus mit der Belehrung „Mah muss och Liehr onnomme!" rechnen.

Heute bin ich mit meinem Opa im Raum Wallmerod unterwegs. Als er hier das letzte Mal Verwandte besuchte, gab es den einen oder anderen Kreisel noch nicht. Durch die neue Verkehrsführung ist Opa etwas verwirrt. In einem Kreisverkehr setzt er den Blinker nach rechts und fährt trotzdem geradeaus weiter. Die anderen Autofahrer nehmen es überrascht zur Kenntnis. Ich bin besorgt. „Opa, du musst schon in die Richtung fahren, in die du auch blinkst", will ich helfend eingreifen. „Joh, die wosse joh, wie isch dot mahn", stellt Opa gelassen fest. Von einem fast 60 Jahre jüngeren Autofahrer muss er sich nun wirklich keine Tipps geben lassen. „Isch senn schon Audo gefohre, doh hos dau noch in die Buchs geschisse", erklärt er mir. Um ein Haar wäre es heute wieder so weit gewesen...

Echte Wertarbeit aus Balkonien

Eine Familie zu gründen, ist für viele Menschen ein finanzieller Kraftakt. Die Geburt der Kinder sowie der Kauf eines Hauses müssen oftmals zeitgleich gestemmt werden. Und trotz dieser Kosten will man ja zumindest einmal im Jahr für ein paar Tage in Urlaub fahren. Für Letzteres hat Opa allerdings wenig Verständnis. Meine Großmutter wäre früher gerne manches Mal verreist. Sie musste sich allerdings gedulden, bis das Eigenheim komplett bezahlt war. Schulden bei der Bank zu haben und gleichzeitig „unnuhtwennisch Geld off dä Kopp ze haue", kommt für Opa nicht in Frage. Erst als die Kredite zurückbezahlt waren, ließ er sich einmal jährlich zu einer Urlaubsreise nach Ruhpolding in Oberbayern überreden.

Die Landschaft dort gefällt Opa zweifellos. Nichtsdestotrotz fühlt er sich daheim am wohlsten. Möglicherweise liegt dies auch am eher rustikalen Charme so mancher Almhütte. Einmal beispielsweise war Opa bei einer Einkehr im Gebirge längere Zeit in einem Plumpsklo gefangen. Die Familie fing schon an, sich Sorgen zu machen, bevor er sich letztlich doch befreien konnte. „Dä laaze Schnepper ging nimmi off", lautete anschließend seine Erklärung. Mit den eigenen vier Wänden sind diese Hütten meist nicht zu vergleichen. Opas Bewertung der oberbayerischen Bausubstanz fällt deshalb entsprechend hart aus: „Wu de hinguckst, Bruch un Dalles!"

Trotz Ohrenschmerzen nicht zum Veterinär

Opa ist von Natur aus mit einer sehr guten Gesundheit gesegnet. Jahrelang hatte er nicht einmal einen Hausarzt, weil sein letzter verstorben war und Opa sich danach keinen neuen suchte. Erst mit über 80 Jahren ließ er sich wieder in einer Patientenkartei registrieren – zunächst allerdings rein prophylaktisch. „Damet die schommo wesse, wer mah es, wenn mah moh ebbes hot", lautete seine Erklärung. An den medizinischen Fähigkeiten der Landärzte hat Opa ohnehin gewisse Zweifel. Gerne bezeichnet er diese auch als „Hehnerdockder", was auf eine Nähe zur Veterinärmedizin schließen lässt. Tatsächlich meint Opa aber wohl eher, dass die Hausärzte sprichwörtlich Mädchen für alles sein müssen und sich nicht wirklich spezialisieren können.

Neulich war Opa zu einer Geburtstagsfeier eingeladen und wurde dort zwischen mehreren kränklichen Witwen platziert. Im Gegensatz zu anderen älteren Menschen redet Opa jedoch gar nicht gerne über Krankheiten. Im Gegenteil: Es nervt ihn sogar. Entsprechend schlecht gelaunt kam er am Abend nach Hause. „Die ganse Zeit schwätze die nur iwwer Krankhaade", ärgerte er sich. „Mir duhn die Uhre wieh viehr laurer Weiwerleits Geschwätz." Dass Opa diese Ohrenschmerzen anschließend von einem Hühnerdoktor behandeln ließ, ist dennoch ziemlich unwahrscheinlich…

Blaumann im Stil eines Schweizer Käse

Mode spielt für meinen Opa keine große Rolle. Seine Kleidung muss vor allem robust und zweckmäßig sein. Werktags trägt er zur Gartenarbeit meist eine „Mannschester-Bochs", eine stabile Cordhose also, und – je nach Temperatur – ein „Jippschen". Sonntags wählt er stets den feinen Zwirn mit Krawatte, auch wenn er keinen Besuch erwartet. Neue Klamotten hat er sich schon seit Jahren nicht mehr gekauft. Opas Kleiderschrank füllt sich quasi von selbst mit allerlei Erbstücken, die teilweise aber gar nicht getragen, sondern für schlechte Zeiten aufgespart werden.

Heute will Opa einen stark verschlissenen Blaumann reparieren. Da meine Oma nicht mehr lebt und er selbst den Umgang mit Nadel und Faden nie gelernt hat, greift er zu rustikalen Methoden. Löcher und Risse im Arbeitsanzug werden mit breitem Klebeband verschlossen, doch bereits nach wenigen Stunden löst sich das Material wieder ab. Nun dichtet Opa den größten Riss in der Hose mit Holzleim ab und spannt den Blaumann zum Trocknen in einer Schraubzwinge ein. Wie das Kleidungsstück den nächsten Waschgang überleben soll, bleibt ein Geheimnis. Den alten Arbeitsanzug einfach wegzuwerfen, kommt jedoch nicht in Frage. „Bei mir wird nix fortgeschmesse", erklärt Opa mit Nachdruck. „Die Klamodde werrn su lang offgetroohn, bess se verresse senn." Und bei wie viel Reststoff dieser Zeitpunkt gekommen ist, entscheidet er natürlich selbst…

Ungenießbarer Reis aus Amerika

Opa isst alles. Jedenfalls behauptet er das von sich selbst. Wer im Krieg Hunger leiden musste, bringt es heute nicht übers Herz, Lebensmittel wegzuwerfen oder wählerisch zu sein. „Ihr seid all schlauchisch", lautet oftmals seine Kritik. „Ihr hot kahne Hunger, ihr hot Appedit." Für die Köchin des Hauses bedeutet dies allerdings keinesfalls, dass Opa ein dankbarer Konsument wäre. Denn Mahlzeiten sind für ihn heutzutage notwendige Selbstverständlichkeiten, die keiner lobenden Erwähnung bedürfen. Die Frage, ob ihm das Essen schmeckt, beantwortet Opa deshalb stets mit der Floskel „Isch äße alles". Wenn man ihn nach einem guten Essen fragt, ob er noch einen kleinen Nachschlag möchte, lehnt er dies in der Regel ab. „Isch brauch nix mieh. Isch kann Hunger aushaale", heißt es dann.

Heute wird die Philosophie meines Opas auf eine harte Probe gestellt. Mein Bruder hat gekocht. Es gibt ein würziges thailändisches Reisgericht. Opa ist schon vor dem Essen ziemlich satt und kann wieder einmal Hunger aushalten. Die Anstandsportion kaut er ganz vorne im Mund, um nicht zu viel Geschmack aufzunehmen. Obwohl Opa ja eigentlich nicht „schlauchisch" sein möchte, kann er sich eine kleine Kritik nicht verkneifen. „Hej es von ahnem Gewürz ze vill dron, dot schmeckt alles nur noh dem ahne Gewürz", sagt er. Und dabei handelt es sich wohl um Chili. Von diesem ungenießbaren Scharfmacher hat er mal gehört, und seitdem vermutet er ihn in jedem Essen, das ihm nicht besonders schmeckt. Schuld an dieser wie auch an vielen anderen Fehlentwicklungen haben übrigens die Amerikaner. „Nejmurischer amerikanischer Bleedsinn", heißt es in solchen Fällen meist. Auch wenn das konkrete Rezept dieses Mal aus Asien stammte…

Unnötige Ausgaben für Waldarbeiter

Alle Jahre wieder in der Vorweihnachtszeit hat Opa eine Mission zu erfüllen. Sein Ziel: unnötigen Konsum verhindern. Seine Methode: rechtzeitiges und wiederholtes Ermahnen. „Gehft bluß net widder su vill Geld aus", lautet die einfühlsame Variante seiner gut gemeinten Ratschläge. Auf frischer Tat beim Kaufen von Geschenken ertappt, kann aber auch schon mal ein rigoroseres „Kaaft net immer su vill dolle Schess" fallen. Genügsamkeit predigt Opa allerdings nicht nur anderen, er lebt sie auch selbst vor. „Isch well iwwerhaupt nix geschenkt honn", versichert er der Familie stets vor dem Fest. „Isch senn mit dem zefridde, wot isch honn."

Seit ich einen künstlichen Weihnachtsbaum mein Eigen nenne, ist Opa zumindest eine Sorge los. Zuvor sah er es in manchen Jahren auch als seine Aufgabe an, unnötige Ausgaben für eine Nordmanntanne zu verhindern. Als harmloser Rentner mit Spazierstock getarnt streifte er vor Weihnachten durch die Wälder. „Isch honn haut schommo in der Heck speckeliert", deutete er seinen Plan mit verschmitztem Lächeln an. Opas besonderer Clou: Er musste nicht einmal selbst Hand anlegen. Kurz vor Heiligabend hielt er sich unauffällig in der Nähe einiger Waldarbeiter auf. Diese hatten frisch gefällte Bäumchen in der Nähe eines Waldwegs für den Eigenbedarf deponiert. Als sie diese nach Feierabend aufladen wollten, mussten sie überrascht feststellen, dass sie offenbar eins zu wenig hinterlegt hatten. „Die Kerle werrn ohmens schee bleed geguckt honn", kommentierte Opa am heimischen Gabentisch die schöne Bescherung für die Waldarbeiter. Auch am Fest der Liebe ist sich eben jeder selbst der nächste...

Von der Rentenkasse frühzeitig abgehakt

Bei der morgendlichen Lektüre der Zeitung hat mein Opa einen absoluten Lieblingsteil: die Todesanzeigen. Die Zeiten, in denen er regelmäßig erfuhr, welche alten Freunde und Weggefährten nicht mehr unter uns weilen, sind jedoch weitgehend vorbei. Die meisten von ihnen sind inzwischen leider schon verstorben. Seit Personen mit einem Geburtsdatum in den 30er-Jahren die Todesanzeigen dominieren, erfährt mein Opa vor allem, wer eigentlich noch gar nicht sterben durfte. „Guck da dot emohl on, der wohr doch noch jung!", lautet nun regelmäßig auch bei über 80-Jährigen sein Kommentar. Ein beinahe 100-Jähriger, der sich noch wie ein junger Spund bewegt, ist in Opas Augen hingegen zu viel des Guten. „Dä Ahl muss emohl geschosse werrn! ", vermutet er in solchen Fällen meist.

Ein Recht, frühzeitig zu versterben, hat übrigens ohnehin nur, wer körperlich hart gearbeitet hat. Büromenschen hingegen trifft der Spott meines Opas posthum. „Dä Kerl hot doch im ganse Lebe naut geschafft", lautet dann sein Urteil. „Doh kann die Rendekass en Hake hinnermache." Volkswirtschaftlich gesehen hat eben auch der Tod seine Vorteile.

Pünktlicher Eintopf geht durch den Magen

Liebe geht durch den Magen. Das gilt auch für meinen Opa. Wenn er sich an meine vor fast 20 Jahren verstorbene Großmutter erinnert, spielen dabei nicht selten ihre Kochkünste eine wichtige Rolle. Klassische Westerwälder Hausmannskost wie zum Beispiel „Buhnesopp" oder auch „Erbelskrebbelscher" schmecken bei Oma irgendwie besser. Das muss auch ich zugeben, ohne damit die gastronomischen Fähigkeiten nachfolgender Generationen schmälern zu wollen. Vor dem Zweiten Weltkrieg lernten die Menschen im Westerwald eben noch, mit wenigen Zutaten aus dem Garten schmackhafte Speisen zu zaubern.

Einen Eintopf „Quer dursch de Goarde" gab es noch in meiner Kindheit praktisch jeden Freitag, und Fleisch wurde in der Regel nur sonntags aufgetischt. An die Bratensoße meiner Oma erinnert sich Opa noch heute wehmütig. Auch die Essenszeiten waren nicht verhandelbar. „Dot Meddachäße" kam stets pünktlich um 12 Uhr auf den Tisch, und das Abendbrot war täglich um 18 Uhr fällig. „Wenn die Backesglock klemmt, werd gäße", lautet noch heute eine goldene Regel meines Opas. Der Appetit stellt sich notfalls später ein.

Zwischen Spaßmachern und ganz viel Unsinn

Wer schon einmal einen Auftritt von Heinz Erhardt mit einer Darbietung von Mario Barth verglichen hat, muss zweifelsohne feststellen: Auch der Humor der Menschen wandelt sich im Laufe der Zeit. Opa jedenfalls kann mit den Künstlern, die heute als Comedian bezeichnet werden, nicht mehr viel anfangen. „Dot senn fier misch alles Dollschwätzer und Schreihäls" lautet sein vernichtendes Urteil, wenn er zufällig etwas von einem solchen Auftritt mitbekommt. „Die wosse fier lauder Dollhaat nimmi, wot se noch fier en Mest verzappe solle." Ein Humorist alter Schule hingegen, der meinem Opa ein verschmitztes Lächeln entlockt, wird von ihm mit der wohlwollenden Berufsbezeichnung „Spassmacher" geadelt.

Opa selbst ist übrigens niemand, der gerne Witze macht. Am meisten amüsiert er sich noch über ungewöhnliche Familiennamen, und auf einem solchen basiert auch der einzige Scherz, den er von Zeit zu Zeit erzählt. Das Wort „Unsinn" lässt ihn wie aus der Pistole geschossen von einer Begegnung zwischen einem „Herrn Blödsinn" und einem „Herrn Unsinn" berichten, die in einem Sommerurlaub vor vielen Jahren stattgefunden haben soll. „Dott musste bei annern Läit emohl erzehle, da honn die och wot ze lache", ist Opa überzeugt. Wobei er die erzählerische Ausgestaltung der Pointe lieber anderen überlässt. Opa rühmt sich nämlich nicht, selbst ein guter „Spassmacher" zu sein…

Ruhestand statt ständigem Ärger

Der freiwillige Verzicht auf eine zweite Amtszeit als Bundespräsident hat Joachim Gauck vor einiger Zeit viele Schlagzeilen beschert. Die meisten Deutschen bedauerten die Entscheidung des damals 76-jährigen Staatsoberhaupts und hätten sich eine Fortsetzung seiner Arbeit gewünscht. Mein 93-jähriger Opa hingegen zeigte beim Lesen des Zeitungsartikels sein vollstes Verständnis für Gaucks Entscheidung. „Dä Mann hot rehscht", meinte Opa. „Wot soll dä sisch da met iwwer 70 Johr noch alsfort met den ganse Knäulköpp remmärjern." Mein Opa selbst konnte Anfang der 80er-Jahre schon mit 60 Jahren in den Ruhestand treten, weil sein Arbeitgeber seinerzeit Stellen abbaute und der Belegschaft die Altersteilzeit schmackhaft machte. Bereut hat er diese Entscheidung in den vergangenen 33 Jahren offenbar nicht. Dank des frühen Ruhestands blieb schließlich genügend Zeit für seine eigentliche Leidenschaft: die Gartenarbeit.

Kopfschüttelnd wundert sich Opa deshalb gelegentlich über Politiker, die im fortgeschrittenen Alter noch nicht ans Aufhören denken. Auch unserer Bundeskanzlerin Angela Merkel würde er dringend raten, bei den Bundestagswahlen 2017 mit dann 63 Jahren nicht mehr anzutreten. „Bei dem ganse Ärjer mit dem Erdogan un dem Seehofer aus Bayern hätt isch on der ihrer Stell schon lang offgehiert", meinte Opa im Brustton der Überzeugung. „Die hätt sisch ahnfach emohl poor Daach krank melle solle." Bei wem Frau Merkel den gelben Zettel abgeben soll, blieb allerdings offen...

Die Gabi mit dem runden Kopf

Romantik und Gefühlsduselei spielen im Leben meines Opas keine große Rolle. In der armen Zeit nach dem Krieg stand den meisten Menschen offensichtlich nicht der Kopf nach Poesie und Liebesbriefen. Opa suchte deshalb in erster Linie nach einer Partnerin, mit der er eine sichere und planbare Zukunft gestalten konnte. „Isch wollt e Haus baue un mei Ruh honn", erklärt er seine Motivation. Dabei blieb nicht viel Zeit, um Komplimente zu machen. Ein Defizit, das auch heute noch gelegentlich deutlich wird.

Die Freundin meines jüngsten Bruders hat es meinem Opa angetan. Mit ihrem Akkordeonspiel hat Sabine sein Herz sofort erobert. Opa möchte ihr deshalb etwas Nettes sagen. Leider kann er sich ihren Namen nicht merken und auch ansonsten ist die Qualität der Komplimente ausbaufähig. „Dot Gabi kann suh schieh fett lache", lautet Opas nett gemeinter Kommentar am Mittagstisch. Und er setzt noch einen nach: „Dot Gabi hot suh en scheene ronne Kopp." Fettes Lachen und ein runder Kopf gelten zwar gemeinhin nicht unbedingt als Inbegriff filigraner Weiblichkeit. Doch es kam von Herzen, und Sabine trägt's seitdem mit Fassung…

Kein Stimmrecht für die Gattin

Ein gutes Wahlergebnis sorgt bei Politikern meist für Erleichterung und Jubel. Einige freuen sich sogar, wenn die Wahlbeteiligung unerwartet hoch ausfällt. Ob dieser Jubel bei 40 oder 50 Prozent wirklich angebracht ist, mögen andere beurteilen. Ein paar Prozentpunkte mehr könnten es unter Umständen manchmal sein, wenn das Wahlrecht nicht so streng wäre. In Montabaur etwa brachte beim jüngsten Urnengang ein Mann die Wahlbenachrichtigung seiner Ehefrau mit ins Wahllokal und wollte stellvertretend für seine Gattin die Stimme abgeben. Seine Frau sei leider kurzfristig erkrankt, erklärte er, doch nach mehr als 40 Jahren Ehe könne er das ja sicherlich übernehmen. Die Wahlhelfer zeigten sich allerdings unbarmherzig und verweigerten ihm die doppelte Stimmabgabe.

In ähnlicher Weise musste auch ich meinem 94-jährigen Opa eine Absage erteilen, als er mich mit seiner Wahlbenachrichtigung losschicken wollte. „Dau wahs joh, wot isch wähle", erklärte er mir. „Nomm mahne Zeddel ahnfach met un mach fier misch dot Kreizje!" Nachdem ich meinem Opa erläutert hatte, dass dies nicht erlaubt ist und er schon selbst zur Wahl gehen muss, verwarf er kurzerhand den gesamten Plan. „Isch blejwe dahaam", sagte er abwinkend. „Bes zur nächste Wahl senn isch suwiesu nimmi doh!"

Wenn Mondbälle bis nach Charkow fliegen

Wenn in wenigen Tagen die Fußball-Europameisterschaft beginnt, wird auch Opa interessiert vor dem Fernseher sitzen. Insgeheim drückt er wohl der deutschen Mannschaft die Daumen, doch öffentlich dazu bekennen würde sich Opa eher nicht. Bescheidenheit und Demut sind ihm so wichtig, dass er selbst einer Niederlage noch etwas Positives abgewinnen kann. „Dot wohr rischdisch", pflegt Opa in solchen Fällen zu sagen. „Die musse och emohl ahne droff kriehn, soss schnappe die noch iwwer." Hochmut kommt bekanntlich vor dem Fall. So lange ein Spiel läuft, ist Opa aber meistens dennoch mit Eifer dabei. „Rann! Dä kann nix!", ruft er oft kurz vor der Balleroberung durch einen deutschen Spieler. „Alle mäschdischer Gott, dä schießt den Balle noohm Mond", entfährt es ihm bei einem technisch schwachen Torabschluss alla Gomez. Opa selbst spielte übrigens in den 30er-Jahren bei Fortuna Holler als Außenverteidiger. „Isch wohr flenk", berichtet er manchmal. „Isch konnt och Dohre schieße." Gegenspieler, die das widerlegen könnten, gibt es inzwischen leider keine mehr.

Neulich habe ich mich mit Opa über die Spielorte der deutschen Mannschaft in der EM-Gruppenphase unterhalten. Am 13. Juni etwa geht es in Charkow gegen die Niederlande. „Scharkoff?", fragt Opa interessiert nach. „Doh wohr isch schon emohl." Damals – im Krieg – kam er offenbar als Soldat in der heutigen Ukraine zum Einsatz. Als ich Opa kurz darauf erzähle, dass ich am Abend als Zuschauer zur Fußballsendung Flutlicht nach Mainz fahre, schüttelt er nur kurz mit dem Kopf. „Mainz", ergänzt er, „doh wohr isch noch net."

Ein Opa braucht keine Geschenke

Als Opa dieser Tage Geburtstag feierte, stellte sich einmal mehr die Frage: Was schenkt man einem Mann, der von sich selbst sagt, dass er keine Wünsche hat? „Geeft bluß net widder unniedisch Geld aus", lautet schließlich schon seit Jahren seine Empfehlung im Vorfeld jeder Feier.

Ganz ohne Geschenk zu kommen, erscheint den meisten Menschen aber dennoch unhöflich, und so entscheiden sie sich dann meist für tägliche Konsumgüter, die Opa ohnehin benötigt – Leberwurst in der Dose zum Beispiel, ein Glas Honig oder auch selbst gekochte Marmelade. Diese Geschenke weiß Opa zu schätzen und lobt sie mit den Worten: „Wenigstens hot ihr kahne Mest gekaaft." Auch ein Geldgeschenk ist in seinem Sinne, wie mein anderer Opa weiß. Der Austausch des womöglich immer selben Geldscheins ist bereits ein Geburtstagsritual. „Dä geeft mir 20 Mark und isch geefe dem 20 Mark", hat Opa unlängst wieder festgestellt, obwohl es sich natürlich um Euro handelte. Sein Fazit: „Wer länger leeft, darf se hinnerher behaale!"

Nur im Winter Zeit für Ersatzteile

Für einen Mann seines Alters ist Opa außergewöhnlich fit. Es ist noch nicht allzu lange her, da entfernte er gerade Moos vom Garagendach, als ihm eine Lieferung „Essen auf Rädern" zugestellt werden sollte. Der Fahrer war einigermaßen verwundert, aber das Kochen hat Opa halt nie gelernt...

Ganz spurlos geht die Zeit jedoch auch an Opa nicht vorbei und deshalb klagte er mit fast 90 Jahren über Probleme mit einem Kniegelenk. „Isch kann dot Knie nimmi rischdisch begge", stellte er seinerzeit fest. „Doh misst emohl eh nej Gelenk renn." Dem Orthopäden erklärte Opa bei einem Untersuchungstermin auch sogleich, wann das neue Kniegelenk eingesetzt werden muss: im Winter. „Dann honn isch Zeit", lautete Opas Begründung. „Wenn isch im Frehjohr widda in de Gohrde muss, es dot alles verheilt!"

Der Arzt allerdings hatte gewisse Zweifel, ob der Eingriff tatsächlich nötig ist. Wie weit er denn mit dem angeschlagenen Knie noch gehen könne, wollte der Mediziner wissen. „Joh", überlegte Opa kurz, „suh zehn Killomehder." Die Empfehlung des Arztes fiel dann nicht ganz so aus, wie Opa es erwartet hatte. Er solle sich einfach ein bisschen mehr schonen und nicht so lange auf den Knien durch den Garten rutschen. Im Prinzip sei das Knie für einen fast 90-Jährigen nämlich noch ziemlich gut. „Ei da losse mah dot irscht emohl suh", willigte Opa schließlich ein. Seine Rückkehr kündigte er aber dennoch an: „Wenn et in eh pohr Johr gor nimmi gieht, kann isch joh nommo widda komme."

Schädlinge direkt aus der Hölle

Die Landwirte sind bereits mit der Ernte beschäftigt, und auch in den privaten Gärten werden Obst und Gemüse langsam reif. Ärgerlich ist es allerdings auch für den Hobbygärtner, wenn sich zum Beispiel bei der Kartoffelernte ein massiver Schädlingsbefall zeigt und ein Großteil der Arbeit sprichwörtlich für die Katz war.

Auch mein 94-jähriger Opa pflegt seit Jahrzehnten mit viel Herzblut seinen Nutzgarten. Das sogenannte Ungeziefer ist ihm dabei jedoch ein Dorn im Auge. Vor allem die scheinbar nutzlosen Schädlinge lassen den Hobbygärtner gelegentlich verzweifeln, zumal Opa keine Pestizide einsetzt. Für ihn hat dabei möglicherweise sogar der Teufel seine Finger im Spiel, wie er mir schon mehrfach versicherte. Opa ist als regelmäßiger Kirchgänger zwar durchaus mit der Schöpfungsgeschichte vertraut. Doch auch damit lässt sich nicht jede Eigenheit der Natur erklären. „Hey die laaze Gardoffelkäfer senn der Däiwel", beklagt sich Opa deshalb, wenn die Schäden bei der Ernte wieder einmal massiv sind. „Isch mehscht emohl wesse, wot sisch der Herrgott dobei gedoocht hot?", fügt er dann augenzwinkernd hinzu.

Brandmeister spart sogar Sauerstoff

Nach eher milden Temperaturen zum Jahreswechsel hatte uns die Winterkälte zuletzt fest im Griff. Die Holzvorräte in unserem Keller jedenfalls sind in den vergangenen Wochen erkennbar zusammengeschmolzen – und das trotz eines sparsamen Brandmeisters. Das Anheizen meines Ofens übernimmt nämlich meist mein Opa, damit es in meinem Wohnzimmer nicht so kalt ist, wenn ich nach der Arbeit nach Hause komme. Und er ist dabei stets auf energieeffizienten Einsatz des Brennholzes bedacht.

Die Sauerstoffzufuhr wird mitunter so stark gedrosselt, dass das Feuer fast erlischt. Im Ofen liegt bei meiner Heimkehr dann nur noch ein verkohltes „Knierzje", das ich unter Einsatz von Brandbeschleuniger reaktivieren muss. Opa ist es eben schon bei niedrigen Temperaturen warm genug, wie er mir bereits mehrfach versichert hat. „Da duhd ma sisch ebe in en wohrme Wolldeck enweckele oder gieht groht int Bett", hat er mir erklärt. Vielleicht werde ich diese Möglichkeiten beim nächsten Mal in Erwägung ziehen…

Von kostbarem Nass und altem Brot

Die Armut, die Opa als Kind erlebte, hat ihn maßgeblich geprägt. Noch heute lehnt er es ab, ein Stück trockenes Brot oder auch ein abgelaufenes Joghurt in die Mülltonne zu werfen. „Dot Bruht kann ma im Kaffi weische. Dot schmeckt mir wunderbar", verkündet er prinzipientreu. „Dot Deppsche kann mah och noch äße, wenn dot eh poor Daach driwwer es", hat er bereits mehrfach festgestellt. Ein bisschen Schimmel kann Opas Magen offenbar nichts anhaben.

Opas Sparsamkeit zeigt sich selbst beim Umgang mit der im Westerwald vergleichsweise günstigen Ressource Wasser. Regen zum Bewässern seines Gartens sammelt er stets in einem Fass und mehreren Eimern hinter dem Haus. Und auch in der Waschküche wird nur so viel kostbares Nass verbraucht wie unbedingt nötig. Zu häufiges Waschen schadet ohnehin dem Stoff, denn „dä werd dovon als dinner", erklärt Opa. Die „Manschesterbochs" aus dem Garten wandert deshalb stets erst nach der Ernte in die Waschmaschine. Hemden und Anzüge, die man nur sonn- und feiertags trägt, braucht man nach Opas Auffassung überhaupt nicht zu waschen. „Die werrn joh net dreckisch", ist der genügsame Rentner überzeugt, denn „sonndaachs beim Kaffitrenge schwetzt mah jo net. "

Extravagante Wünsche von dicken Bauern

Opa legt großen Wert auf Demut und Bescheidenheit. Er mag es überhaupt nicht, im Mittelpunkt zu stehen. Mit der Begründung „Isch well net estamiert werre" wollte er sogar dem Untershäuser Mandolinenorchester untersagen, ein Ständchen zu seinem 90. Geburtstag zu spielen, obwohl er seit 75 Jahren Vereinsmitglied ist. Nur nach viel gutem Zureden ließ Opa die Ehrerweisung schließlich zu.

Fast unnötig zu erwähnen, dass Opa als gläubiger Katholik diese Bescheidenheit auch von der Kirche erwartet. Ein Bischof wie Franz Kamphaus, der mit einem klapprigen Golf durch Limburg fuhr, genoss seinen vollen Respekt. Die aktuelle Debatte hingegen um den 31 Millionen Euro teuren Bischofssitz des Franz-Peter Tebartz-van Elst kommentiert Opa mit einer Mischung aus Fassungslosigkeit und Ärger. „Alle mäschdischer Gott", entfährt es ihm schon, als er die Nachricht zu ersten Mal hört. „Hautzedaach es alles miehlisch – die Menschheit es bekloppt." Bei einer frei stehenden Luxusbadewanne für 15.000 Euro handelt es sich laut Opa eindeutig um „unnuhtwennische Fratze".

Eine Theorie, wie sich die extravaganten Wünsche des Bischofs erklären lassen, gibt es übrigens bereits. Tebartz-van Elst ist bekanntlich in einer landwirtschaftlich geprägten Familie aufgewachsen, und das können laut Opa nur „dicke Bouern" gewesen sein. „Dot wohre Geldläit. Dä wohr von dahaam aus schon verwiehnt." Das allerdings wären wohl denkbar schlechte Voraussetzungen für ein Bischofsamt.

Eine Peitsche für Geißbock Gabi

Dass Opa noch einmal für eine Frau schwärmen würde, hätte wohl keiner in der Familie gedacht. Schließlich hat er laut eigener Aussage nach dem Tod meiner Oma schon mehrere Witwen abblitzen lassen. Ganz anders ergeht es jedoch Sabine aus Wirges: Die Freundin meines jüngsten Bruders wird von Opa liebevoll „Gabi" genannt – daran musste sie sich schnell gewöhnen. Opa versucht nämlich regelmäßig, durch Rufe ihre Aufmerksamkeit zu gewinnen: „Gabi! Gaaabiiii! Dot hiert werrer net!" Diverse Versuche, Opa ihren richtigen Namen beizubringen, sind gescheitert.

Kürzlich kamen Sabine und mein Bruder mal wieder an einem Samstagabend zum Essen vorbei. Auch Opa weiß um die regelmäßigen Besuche und gesellt sich dann gerne mit an den Tisch. „Wu es da hej noch Platz on dem Desch? Doh, neber meiner Freundin, dem Gabi!" Es folgten ein paar der üblichen Komplimente: „Dau kanns su schee fett lache! Dot hiert sich on wie suh en Gaasbock, suh schee ausm Bauch raus."

Irgendwann ging auch dieser Abend zu Ende. Opa saß noch gemütlich im Esszimmer, als Sabine und mein Bruder aufbrechen wollten. Mit einem frechen Lächeln auf dem Gesicht und ein wenig Humor im Tonfall rief Sabine aus dem Flur: „Tschüss Opilein, bis dann!" Opa merkte jedoch sofort, dass er auf den Arm genommen werden sollte, und konterte schlagfertig: „Mach disch ab, dau Wirjeser Fratzegesischt!" Hinterher erklärte er mir dann noch, dass er es bei Frauen mit Friedrich Nietzsche hält: „Däh hot gesoht: Wenn du zum Weibe gehst, vergiss die Peitsche nicht! Un däh Mann hat Rehscht!"

Sonntags trägt Opa feinen Zwirn

Viele Menschen brauchen ihre täglichen Rituale. Vor allem beim Start in den Tag ist es wichtig, den gewohnten Abläufen zu folgen. So benötige ich jeden Morgen meine Tasse Kaffee am Frühstückstisch. Wenn ich diese ausnahmsweise nicht trinken kann, weil zum Beispiel eine Blutentnahme beim Arzt ansteht, ist der Vormittag verkorkst.

Auch mein 94-jähriger Opa hat seine festen Rituale, und dazu zählt stets das ausgiebige Lesen der Westerwälder Zeitung nach dem Frühstück. Nur sonntags freilich sind die Abläufe etwas anders. Da geht es entweder zunächst in den Gottesdienst oder direkt zum Frühschoppen mit anderen Senioren in der Untershäuser Kneipe. Dazu trägt Opa dann immer Schlips und Kragen, wie es sich sonntags eben gehört. Werktags hingegen ist er in der Regel in gartentauglicher Arbeitskleidung anzutreffen.

Das tägliche Ritual kann allerdings empfindlich gestört werden, wenn man sich im Kalender vertan hat. So erging es meinem Opa neulich, als er nicht mehr daran gedacht hatte, dass Sonntag ist. Ich genoss den freien Tag und blieb etwas länger im Bett. Irgendwann klopfte es an meine Schlafzimmertür. „Thorsten", hörte ich meinen Opa aufgeregt rufen. „Wiesu es da haut kei Zeidung im Kaste?" Die Antwort war einfach: „Weil heute Sonntag ist, Opa! Sonntags kommt doch keine Zeitung." Das wusste mein Opa natürlich. Er hatte lediglich den Wochentag verwechselt – und damit auch die passende Garderobe. „Alle mäschdischer Gott!", rief er sogleich. „Un isch honn die werkdachse Bochs on!"

Für die Kutschfahrt herausgeputzt

Obwohl ich in meiner Kindheit als Messdiener auf vielen Beerdigungen war, habe ich erst mit mehr als 30 Jahren erstmals einen Leichnam gesehen. In den 80er- und 90er-Jahren war es auch im Westerwald nicht mehr üblich, die Verstorbenen zu Hause aufzubahren. Mein Opa hingegen empfindet dies als völlig normal. Er erlebte es noch, dass Kinder um den Sarg eines Verstorbenen liefen, während die Erwachsenen Totenwache hielten. Die Angst und Scheu jüngerer Generationen, einen Leichnam zu sehen, kann er deshalb nicht nachvollziehen. Als meine Großmutter starb, forderte er auch seine Enkel auf, noch einmal zum geöffneten Sarg in der Leichenhalle zu gehen. „Doh es doch nix bei! ", meinte Opa. „Dot es doch scheh zereescht gemacht! " Wir haben uns damals trotzdem nicht getraut.

Opa freilich hat in seinem Leben Schlimmeres gesehen als einen Angehörigen, der im Krankenhaus verstorben ist. Die Bilder aus dem Zweiten Weltkrieg, als er selbst von einer Phosphorgranate getroffen und verwundet wurde, möchte man sich gar nicht ausmalen. Über tote Freunde und Kameraden spricht er bis heute nicht. Die Totenwache für seine eigenen Großeltern hingegen erwähnt er gelegentlich. „Die looche domohls alt poor Daach im Wohnzimmer, bes die met der Pferdekutsch noh Holler off de Kärschhof gefohre wurre", erklärt Opa. In seinem Heimatort Untershausen gab es damals noch keinen Friedhof. Vor allem in den Sommermonaten war die Totenwache etwas für die Hartgesottenen, wie Opa erläutert. Und zur Verdeutlichung findet er wie üblich klare Worte: „Wenn dot draußee heiß wohr und ma eh poor Daach woorde musst, da lief unne schon die Breeh aus der Kest."

Als man noch in Mundart mobbte

Heute Morgen blättert Opa verärgert in der Zeitung. In einem Bericht vom Wochenende wurden Veranstaltungen zu Events und Höhepunkte zu Highlights erklärt. Den Sinn dieser Worte kann Opa nur aus dem Zusammenhang erschließen. „Wufiehr muss dot da senn?", schimpft er. „Gebt et da net genooch deitsche Wordde? Musse mir da noch die Werrer von denne Englänner iwwernomme?" In den geschilderten Fällen erscheint mir Opas Ärger sehr verständlich, bei anderen Begriffen wie zum Beispiel Burn Out oder auch Mobbing fällt es mir hingegen schwer, eine wirklich sinngleiche Entsprechung zu finden. Dabei sind die gemeinten Phänomene auch nicht wirklich neu. Mobbing etwa gab es natürlich schon, bevor sich der Begriff in der deutschen Sprache durchsetzte, wie eine Anekdote meines Opas aus den 50er-Jahren verdeutlicht.

Damals lernte er an seinem Arbeitsplatz in Ransbach-Baumbach meine Oma kennen. Nicht alle freuten sich mit dem jungen Paar. Eine Kollegin lästerte eifrig hinter dem Rücken meiner Großeltern. „Dot wohr ein laazes Schinnootzt", ärgert sich mein Opa noch heute. Als das Maß voll war, nahm er sich die Kollegin zur Brust und rief sie zur Ordnung. „Der honn isch mol rischdisch Aska gehwe un die Lewidde gelese", erinnert sich Opa. Die Maßnahme hatte offenbar Erfolg. „Donoh hot se en Brutsch gezohe un hot sisch net mie seggediert." Eine Erklärung, was genau das auf Hochdeutsch bedeutet, bleibt mir Opa allerdings schuldig – und das empfinde ich fast schon als Mobbing…

Ein Glotzkasten für junge Leute

Opa ist seit 30 Jahren Rentner. Das Arbeiten mit Computern hat er nicht mehr kennengelernt. Was man mit diesen merkwürdigen Geräten so alles anfangen kann, ist ihm bis heute ein Rätsel. Regelmäßig wundert er sich darüber, wie viel Zeit die jüngeren Generationen vor dem Monitor verbringen. „Dä ganse Daach hucke die fier dem dolle Glotzkaste", schimpft er dann. „Die senn wie besengt of dot Schissdinge."

Besonders harsch fiel Opas Urteil aus, als meine Brüder und ich den Computer noch überwiegend zum Spielen nutzten. „Auch bleiwe von dem Glotzkaste noch emohl die Aue stieh!", warnte er damals regelmäßig. Seit das Arbeiten am PC im Vordergrund steht, ist seine Kritik aber zumindest in Teilen einer gewissen Faszination gewichen. „Wie kriehs dau dann die Bilder von ohs doh droff?", will er zum Beispiel wissen, wenn ich mich mit Fotobearbeitung beschäftige. Und wenn es darum geht, eine knifflige Frage mit dem Handy im Internet zu lösen, ergeht mitunter sogar der Rat, ich möge doch mal in meinem „klaane Glotzkaste speckeliere".

Knaddelpidder auf dem Weg zur Ökumene

Opa kommt aus einer gläubigen Familie. Seine Mutter brachte den Kindern bei, dass man wöchentlich mindestens einmal in die Kirche geht, und da es in unserem Heimatort Untershausen gar kein Gotteshaus gibt, war dazu tatsächlich jedes Mal ein Fußmarsch in ein Nachbardorf erforderlich. Auch mein Opa geht bis heute regelmäßig in die Kirche, legt dabei aber offenbar keinen besonderen Wert auf eine feierliche Zeremonie oder eine gelungene Predigt. Im Gegenteil: Wenn es der Pfarrer mit der Länge des Gottesdienstes übertreibt, wird er schon mal als „Knaddelpidder" bezeichnet. 45 Minuten Kirche reichen Opa völlig aus.

Wichtig ist ihm allerdings auch die Konfession der Partnerinnen seiner Nachkommen. „Es dot kadolisch?", war früher gewissermaßen die Standardfrage für eine Gesprächseröffnung in diesem Zusammenhang. Mit den merkwürdigen Protestanten im nur wenige Kilometer entfernten Rhein-Lahn-Kreis hatte man nichts zu tun. „Dat bloh Ländsche" war so etwas wie eine verbotene Zone. Inzwischen jedoch ist Opa etwas nachsichtiger geworden. Dass zum Beispiel unsere Bundeskanzlerin Angela Merkel die Tochter eines evangelischen Pfarrers ist, stört ihn nicht. Und auch die Wahl des protestantischen Geistlichen Joachim Gauck zum Bundespräsidenten konnte Opa nicht schocken. „Die Evangelische sinn joh och kadolisch", erklärte er mir neulich. „Die hon et sisch nur eh bissche leischter gemacht." Wer weiß: Vielleicht setzt sich dieses Verständnis der Ökumene ja irgendwann auch noch im Vatikan durch…

Im Strohsack unter die Birke

Meine Brüder haben Heuschnupfen und ich habe eine Pflasterallergie. Das sind heutzutage aber eher noch die harmloseren Reaktionen auf eine immer sterilere Umwelt. Wenn man sich so umhört, gibt es keinen jüngeren Menschen mehr ohne mindestens eine Allergie oder Nahrungsmittelunverträglichkeit. Der wachsende Wohlstand in den vergangenen Jahrzehnten hat die hygienischen Verhältnisse im Land zweifellos verbessert, er hat aber offenbar auch seine Schattenseiten.

Mein Opa hatte in seiner Kindheit freilich noch keine antiallergische Kaltschaummatratze. Er und seine sieben Geschwister schliefen auf Strohsäcken. Wenn Opa an frisches Heu denkt, verbindet er damit einen angenehm natürlichen Geruch und nicht etwa tränende Augen.

Heute hat es mein jüngster Bruder wieder einmal auf Opas Birke vor seinem Schlafzimmerfenster abgesehen. Der Pollenflug im Frühjahr ist für ihn jedes Mal eine Tortour. Opa zeigt jedoch wenig Verständnis für diese Probleme. „Ihr seid haut allmeddenanner empfindlisch!" lautet seine schonungslose Analyse. „Die poor Woche, wuh die Birk emohl blüht, kann mah doch aushaale", meint der gestandene Westerwälder. Einen Allergietest hat Opa in mehr als 90 Lebensjahren niemals machen lassen, und vermutlich hält er diesen auch zukünftig für „unnuhtwennische Bleedsinn".

Am Geburtstag bloß nicht übertreiben

Etwas erschreckt musste ich dieser Tage feststellen, dass das vierte Quartal des Jahres bereits begonnen hat. Die Zeit scheint wieder einmal zu rasen. Auch Opa wirkte kürzlich überrascht, als er bemerkte, dass bereits sein 93. Geburtstag ansteht. „Isch hätt joh frieher selwer net gedohcht, dass isch emohl suh alt werre", sagte er zu mir. An seinem Ehrentag ist es nicht ganz leicht, das richtige Maß an Glückwünschen zu finden. Opa freut sich zwar, wenn die Familie zum Gratulieren kommt. Übertriebene Festreden oder pompöse Feierlichkeiten mag er allerdings gar nicht. „Haalt bluß net suh vill Gedehnser ab", hat er schon vorab verlauten lassen. „Un kaaft vor allem kaane Bleedsinn. Die Weiwerleit konne poor Kuche backe un ohmends poor Steecker mache. Dot reischt." Trotz seines Geburtstags kann es Opa nämlich nicht leiden, im Mittelpunkt zu stehen. Seine knappe Begründung: „Isch well net estamiert werre!"

Das wird mit steigendem Alter allerdings immer schwieriger, denn inzwischen schaut auch der eine oder andere Offizielle zum Gratulieren vorbei. Dabei würde sich Opa nach eigenem Bekunden viel lieber der Gartenarbeit widmen, als Hände zu schütteln. Eine verspätete Gratulation nahm er passenderweise Anfang der Woche auf dem Kartoffelacker entgegen. Für die Gemeindereferentin der katholischen Kirche hatte Opa dabei sogar noch ein Lob übrig. „Sie mache joh wunderschöne Beerdigunge", sagte Opa zu der Frau. „Awwer bei mir kann sisch dä liebe Gott ruhisch noch eh bisssche Zeit losse!"

Frecher Rotwein aus dem Rettungspaket

Seit Jahren ist die Euro-Krise ein wiederkehrendes Thema in den Medien. Vor allem die Staatsverschuldung Griechenlands wird immer wieder heiß diskutiert. Trotz regelmäßiger Berichterstattung dürfte es den meisten Menschen jedoch schwer fallen, alle Zusammenhänge zu verstehen. Selbst mancher Wirtschaftswissenschaftler wirkt in seinen Erklärungsversuchen einigermaßen unbeholfen. Die hohen Schulden Griechenlands sind indes auch für meinen Opa ein großes Ärgernis. Vor allem das provokante Auftreten des Finanzministers Varoufakis kann der sparsame Westerwälder nur schwer ertragen. „Dä Kerl wird och noch fresch", schimpft er, als Varoufakis wieder einmal die Vorgaben der EU in Frage stellt. Wenn es nach Opa ginge, müsste insgesamt weniger geredet und mehr gearbeitet werden.

Heute geht es in den Nachrichten wieder einmal um ein neues Rettungspaket. „Alle Mäschdischer", entfährt es Opa, als er die jüngsten Zahlen hört. Seine Ferndiagnose fällt wenig schmeichelhaft aus. „Die Griesche setze offem Troddewar in der Sonn un saufe Ruhdwein", schimpft Opa in spöttischem Tonfall. Dass die Zusammenhänge in Wirklichkeit etwas komplizierter sind, spielt zumindest im Moment des Ärgers keine Rolle. Erst einmal in Rage vermutet Opa sogar, dass weitere Kreditzusagen der EU bei der griechischen Regierung für Erheiterung sorgen. „Dä Alexis Zirfas muss och alteemohl haamlisch lache", glaubt er. Wer weiß: Vielleicht hat am Ende doch ein Westerwälder seine Finger im Spiel...

Wie ein Mannskerl zum Lapparsch wird

In der Kindheit und Jugend meines Opas gehörte der Begriff Emanzipation noch nicht zum allgemeinen Wortschatz. Männer und Frauen hatten klar definierte Rollen, die nicht in Frage gestellt wurden. So war es in der Regel Aufgabe der „Mannskerle", sich um den Broterwerb und die Pflege der Außenanlagen zu kümmern. „Fraamenscher" hingegen waren für sämtliche Tätigkeiten im Haushalt der Familie zuständig.

Noch heute darf mit dem Lob meines Opas rechnen, wer diesem Rollenbild genügt. „Dot es en padender Kerl" oder auch „Dot es manierlisch Fraamensch" heißt es dann anerkennend. Wer seine Aufgaben hingegen nicht erfüllt oder sich gar in die falsche Geschlechterrolle drängen lässt, muss mit der Kritik meines Opas rechnen. „Fraamenscher, die naut schaffe", werden dann schnell zu „Weiwerleit, die de ganse Daach nur quatsche". Ein „Mannskerl", dem es an Durchsetzungskraft mangelt oder der sich offenkundig gar von seiner Gattin bevormunden lässt, verdient sich die wenig charmante Bezeichnung „Lapparsch". „Dä hot dahaam naut ze bestelle", stellt Opa in solchen Fällen mitleidig fest. Und damit meint er ausnahmsweise einmal nicht die Gartenarbeit…

Echte Arbeiter brauchen kein Navigationsgerät

Moderne Autos bieten eine Menge Komfort. Von der Klimaanlage über die Einparkhilfe bis hin zum adaptiven Kurvenlicht – alle diese Dinge sind sehr angenehm, so lange nichts kaputt geht, denn dann muss man heutzutage oft schon für den Wechsel einer simplen Glühbirne in die Werkstatt. Selbst technikaffine Menschen können ohne Spezialwerkzeug zu Hause kaum noch etwas ausrichten.

Nicht ohne Grund bezeichnet Opa jegliche Sonderausstattung als „nejmodische Bleedsinn". Beim Kauf seiner eigenen Autos hat er stets darauf geachtet, dass diese lediglich mit einer Grundausstattung ausgeliefert wurden. Ich erinnere mich noch gut an Opas Opel Kadett, der in den 80er-Jahren sein treuer Begleiter war. Elektrische Fensterheber oder auch eine Zentralverriegelung suchte man in diesem Wagen noch vergebens. Der Kadett verfügte noch nicht einmal über ein Radio oder einen Zigarettenanzünder, was mit Aufkommen der ersten Navigationssysteme durchaus ein Nachteil war. Dafür konnte man tatsächlich noch „mit ahnem Handgreff die Reckbank emlehe", wie Opa stets betonte. Mangels Bordelektronik traten am Kadett nur mechanische Defekte auf. Als die Karosserie schließlich so stark durchgerostet war, dass Opa in den 90ern auf einen Corsa umsteigen musste, konnte er sich einigen technischen Neuerungen nicht mehr entziehen. „Die Audos fier en ahnfache Oarfeter werrn haut gohr nimmi gebaut", stellte er etwas frustriert fest. Eine Servolenkung hatte allerdings auch dieses Auto noch nicht. In diesen Genuss kam Opa erst nach seinem nächsten Kfz-Wechsel im neuen Jahrtausend.

Katzen-Schmierseife für den Rasenmäher

In der Kindheit meines Opas hatten die Menschen eine sehr pragmatische Einstellung zu Tieren: Sie mussten vor allem nützlich sein. Überschüssige Katzenbabys wurden damals kurzerhand in „einen Sack gestoppt un met ner Schepp oder na Koorscht gabott gehaue". Einmal hat mein Opa sogar eigenhändig ein totes Kalb im Garten verscharrt. „Do wurr eh Loch gemacht und dot Vieh doh renn geschmesse. Do wurr net vill Geschiss abgehaale", erklärt Opa heute noch. Mitunter brachte man Tierkadaver nach Ettinghausen in die Abdeckerei. „Do wurr Schmehrseif von gemacht."

Als wir Anfang der 90er-Jahre einen Kater als Haustier bekamen, reagierte Opa äußerst skeptisch und zurückweisend. „Bleedsinn", lautete sein Urteil. „Dä scheißt mir nur en de Goorde." Inzwischen jedoch ist Opa altersmilde geworden. Obwohl auch meine aktuelle Katze Nala gelegentlich in seinen Garten scheißt, muss sie nicht befürchten, erschlagen und zu Schmierseife verarbeitet zu werden. „Dot Nanasche" ist zu meiner großen Überraschung als Mitbewohner voll akzeptiert. Opa hat ihr sogar in einem Holzschuppen ein Bett aus Styropor und alten Decken gebaut, damit sie nicht frieren muss, wenn sie in einer kalten Nacht mal draußen ist. Gelegentlich werde ich überdies aufgefordert, für das Wohlergehen des „Katzekoders" Sorge zu tragen. Neulich zum Beispiel saß Nala draußen auf der Fensterbank und machte mit einem lauten Schreien klar, dass sie gerne ins Haus möchte. „Gugge moh! Dot Nanasche määht loh remm", gab mir Opa besorgt zu verstehen. Und einen kurzen Moment dachte ich sogar, die Katze würde ihn bei der Gartenarbeit unterstützen...

Als in Opas TV nur noch Radio lief

Videoclips und TV-Programme sind heute allgegenwärtig. Ob im Bus, in der Warteschlange im Supermarkt oder auch nebenbei in der Pause – dank moderner Smartphones flimmern den ganzen Tag irgendwelche Filmchen über kleine Mattscheiben. Für Kinder und Jugendliche ist das längst selbstverständlich. Erwachsene hingegen erinnern sich noch gut an die Zeit, zu der es nur ein Fernsehgerät pro Haushalt gab und das Programm mit dem Rest der Familie abgestimmt werden musste. Bei nur drei bis vier verfügbaren Sendern war immerhin die Auswahl begrenzt.

Auch mein 94-jähriger Opa hat inzwischen einen modernen Flachbild-Fernseher – das alte Gerät war kaputt und musste ersetzt werden. Die meisten Funktionen des LCD-TV sind für ihn allerdings eher rätselhaft und verwirrend. Er braucht eigentlich weiterhin nur seine gewohnten vier Sender. Diese Woche hatte er versehentlich die Radio-Funktion des Fernsehers aktiviert. Statt bewegter Filme zeigte seine Mattscheibe auf allen Programmen plötzlich nur noch das Standbild einer Geige. Opa jedoch war sich keines Fehlers bewusst. „Schon seit poor Daach hon die off denne Hauptsender alsfort eh Bild von ner Gej! Wot soll dann dieser Bleedsinn?", schimpfte er am Abend. Das Problem hatte ich zum Glück schnell behoben. Die Schuld sah Opa nichtsdestotrotz weiterhin bei den TV-Sendern. „Die haale en Oarfet ab in dem dolle Glotzkaste", urteilte er scharf. Manches war früher eben doch einfacher…

Ein Opa wirft nichts weg

Das ist noch echte Wertarbeit! Diesen Satz hörte ich in meiner Kindheit relativ häufig, wenn es um die Haltbarkeit von Produkten ging. Falls Schuhe oder auch Elektrogeräte irgendwann doch mal einen Makel hatten, wurden sie von einem Handwerker repariert und hielten anschließend noch einmal ein paar Jahre. Heute jedoch bringt kaum noch jemand seine Schuhe zu einem Schuster, wenn sie ein Loch haben. Sie landen in der Mülltonne. Selbst von der Reparatur eines Fernsehgeräts sehen die meisten Leute ab. Der alte Apparat hat inzwischen sowieso ein paar Anschlüsse, die nicht mehr zur neusten Kabelgeneration passen. Da ist ein kleiner Defekt ein guter Grund zum Wechseln. Auf meinem Dachboden standen kürzlich noch mindestens drei analoge Receiver, die voll funktionsfähig waren, aber leider technisch überholt und damit nutzlos.

Meinem 94-jährigen Opa ist natürlich kaum zu vermitteln, warum ich diese Geräte inzwischen zur Müllkippe in Meudt gebracht habe. Früher war das Wegwerfen von Gebrauchsgegenständen schlicht unüblich. Den Rasierpinsel aus der Kriegsgefangenschaft hat mein Opa erst vor wenigen Tagen aussortiert, als er nach und nach die Borsten verlor. Und auch seine dreiteiligen Matratzen bezeichnet er als echte Wertarbeit. Als gelernter Polsterer hat er sie in den 50er-Jahren schließlich selbst gefertigt. Ein junger Mensch bekäme vermutlich Rückenschmerzen, wenn er darauf schlafen müsste. Opa hingegen ist mit der Qualität weiterhin zufrieden. „Et wird nix fortgeschmesse", hat er mir erklärt. „Die ahle Matratze werre irschtemohl verrisse!"

Vom Urlaub im eigenen Garten

Mit dem kalendarischen Herbstanfang geht die Zeit der Sommerurlaube in unseren Breitengraden zu Ende. Das kühle Herbstwetter hat uns in Deutschland ja leider schon seit einigen Tagen fest im Griff. Trotzdem konnte so manchem Urlauber in diesem Jahr die Reiselust vergehen. Ob willkürliche Verhaftungen in der Türkei, teilweise überfüllte Hotels und Strände in Spanien und Griechenland oder auch die generell erhöhte Terrorgefahr – in diesem Jahr war es nicht so leicht, einen unbeschwerten Urlaub zu genießen.

Mir wurde jedenfalls klar, warum mein fast 95-jähriger Opa schon seit nahezu 20 Jahren keine Reise mehr unternommen hat, obwohl es finanziell und gesundheitlich durchaus möglich gewesen wäre. „Isch senn omm allerliebste dahaam", pflegt Opa stets zu sagen. „Dahaam es et fier misch omm schienste." Wenn er bei einigermaßen sonnigem Wetter in einem Liegestuhl in seinem Garten sitzen kann, macht Opa immer einen zufriedenen Eindruck, und man nimmt ihm tatsächlich ab, dass er Balkonien einer Fernreise vorzieht. „Isch well iwwerhaupt net in Urlaub", ergänzt er in solchen Momenten. „Wenn mir ahner en Urlaub schenge dät, blief isch trotzdem dahaam!" Vor allem Flugreisen sind aus seiner Sicht ein unnötiges Risiko. Wie eine große und schwere Maschine mit Hunderten Passagieren an Bord sicher über einen großen Ozean fliegen kann, ist für Opa rätselhaft. „Off ahmoh flieht dot Dinge doch emohl runner", fürchtet er. „Un dah grappsche unne em Wasser die Krokodile noh ahnem!"

Ausweispflicht kann Opa nicht beeindrucken

In Deutschland gibt es bekanntlich eine Ausweispflicht ab dem vollendeten 16. Lebensjahr. Alle zehn Jahre müssen die Bürger ihre amtliche Urkunde erneuern lassen und dafür eine Gebühr von aktuell 28,80 Euro zahlen – so sieht es das Personalausweisgesetz vor. Zusätzliche Ausgaben entstehen durch die Notwendigkeit, stets ein aktuelles Passfoto anfertigen zu lassen. Meinem sparsamen Opa (94) ist allerdings kaum zu vermitteln, warum er dieses Geld ausgeben soll. Er fährt inzwischen kein Auto mehr und geht auch sonst nur selten aus dem Haus. Sein Personalausweis ist deshalb schon eine ganze Weile abgelaufen. „Wann brauche isch dot Schissdinge dann emohl?", fragte er provokant, als ich ihn auf dieses Versäumnis hinwies. „Isch losse kaane Neije mie mache! "

Neulich allerdings hätte Opa den Ausweis anlässlich eines Notartermins tatsächlich einmal benötigt. Der Jurist zeigte sich jedoch entgegenkommend und akzeptierte ersatzweise den Führerschein meines Opas als Identitätsnachweis. Dieser ist zwar schon 50 Jahre alt und ein wenig vergilbt. Zum Glück ist er aber noch gut zu lesen, und mein Opa ist darauf klar zu erkennen. Überrascht stellten wir schließlich sogar fest, dass Opa anlässlich des Notartermins das selbe Jackett trug wie damals, als das Passbild für den Führerschein aufgenommen wurde. Der knappe Kommentar des sparsamen Westerwälders: „Isch kaafe mir joh net jedes Johr eh nej Jippsche!"

Ave Maria schlägt amerikanisches Geschrei

Wenn man einer Umfrage Glauben schenken darf, dann entsteht der Musikgeschmack bei den meisten Menschen in der Jugend oder spätestens im jungen Erwachsenenalter. Kaum jemand hingegen findet erst mit über 30 Jahren seine Lieblingsbands oder -interpreten. Nicht ohne Grund sind die meisten Fans der Beatles oder der Rolling Stones inzwischen selbst im Rentenalter.

Für meinen Opa schafften aber selbst diese bekannten Rock- und Popbands ihren Durchbruch zu spät. Er war bereits mehr als 40 Jahre alt, als sie zu internationalem Ruhm gelangten. Gleichwohl ist Opa ein sehr musikalischer Mensch. Er spielte früher selbst Geige und Mandola. Noch heute stimmt er auf seinem alten Keyboard abwechselnd Dur- und Moll-Akkorde an. Sobald er Ave Maria hört, singt er sofort mit. „Doh gebt et eins von Bach, un eins von Schubert", erklärt Opa stets. „Dot erkenne isch sofort! Doh setzt bei mir jeder Ton! ", verkündet er selbstbewusst. Musiktiteln wie „Let it be" oder „Satisfaction" kann Opa hingegen selbst in einer weichgespülten Schlagervariante nicht viel abgewinnen, und er erkennt vermutlich auch nicht, dass es sich dabei um eingedeutschte Abwandlungen englischer Evergreens handelt. Was die jüngeren Generationen so hören, ist laut Opa schlichtweg „Krawallmussik" und Stars wie Paul McCartney oder Mick Jagger bezeichnet er meist uncharmant als „amerikanische Schreihäls". Dass die genannten Interpreten tatsächlich aus England kommen, hat in diesem Zusammenhang jedenfalls „naut ze bestelle".

Als Opa fast zum Politiker wurde

Wenn am Sonntag die neuen Gemeinderäte gewählt werden, ist mancherorts Kreativität gefragt. In meinem Heimatdorf Untershausen beispielsweise gibt es keine Kandidatenlisten, die man einfach ankreuzen kann. Stattdessen erhält man einen leeren Zettel, auf dem man selbst die Namen der volljährigen Mitbürger notieren muss, die man gerne im Gemeinderat sehen würde. Um die Entscheidung etwas zu erleichtern, wurden im Vorfeld die Namen derjenigen Personen veröffentlicht, die bereit wären, die Wahl tatsächlich anzunehmen.

Obwohl das Ganze grundsätzlich eine ernsthafte Angelegenheit ist, haben meine Brüder und ich uns vor einigen Jahren einen kleinen Scherz erlaubt: Neben den Kandidaten, die wir tatsächlich im Ortsgemeinderat sehen wollten, haben wir auch unseren Opa auf dem Wahlzettel notiert, der es so auf immerhin drei Stimmen brachte. Uns war natürlich klar, dass er nicht in den Gemeinderat einziehen würde, aber seine Reaktion auf das Wahlergebnis war uns den Spaß trotzdem wert. „Jetz guckt ouch den Bleedsinn hej emohl onn!", sagte Opa seinerzeit. „Wot soll en Mah von iwwer 80 Johr dann em Gemeinderat? Isch mehscht emohl wesse, wot fier Dollese misch gewählt honn!" Die Antwort auf diese entrüstete Frage sind wir ihm damals schuldig geblieben. Aber vielleicht erfährt er es mit inzwischen 96 Jahren ja doch noch auf diesem Weg.

Mit neuer Brille aufs Zweirad umgestiegen

Bis vor wenigen Monaten ist Opa noch Auto gefahren. An einem Abend kurz vor Weihnachten kam er bei Dunkelheit im Gelbachtal mit seinem Wagen von der Straße ab und landete frontal an einem Baum. „Doh hot misch irschend su en Drecksack geblendet", lautete seine erste Analyse. In der Familie halten wir es allerdings für denkbar, dass seine Jahrzehnte alte Heinz-Erhardt-Gedächtnisbrille eine gewisse Rolle spielte. Opa selbst meinte freilich: „Die wohr doch noch gut."

Opa hatte Glück, dass er sich bei dem heftigen Aufprall nicht verletzt hat. Der Empfehlung einer Polizistin, sich im Krankenhaus untersuchen zu lassen, folgte er dennoch nur widerwillig. „Die Weiwerleut hahle iwisch en Oarfet ab", kommentierte er den gut gemeinten Ratschlag. Im Krankenhaus war es anschließend ebenfalls nicht leicht, ihn davon zu überzeugen, dass er sicherheitshalber eine Nacht zur Beobachtung dort bleiben sollte. „Na gut! Dann well isch emohl net su senn un ouch och wot ze verdiene gewe", willigte Opa schließlich ein. Am nächsten Tag wurde er ohne weiteren Befund entlassen. Die Brille und das Auto jedoch sind hinüber, und einen neuen Wagen will Opa sich mit über 90 Jahren dann doch nicht mehr kaufen. „Irschendwann es dohmet joh och emohl Schluss", erklärte er uns – obwohl er den Wagen eigentlich noch vier bis sechs Jahre fahren wollte, wie er mehrfach beteuerte. Der Gang zum Optiker freilich blieb ihm nicht erspart. Mit den ersten Sonnenstrahlen des Frühjahrs ist Opa nun aufs Fahrrad umgestiegen. Eine Proberunde zum „Stählwer Sportplatz" absolvierte er ohne Probleme. „Dot lähft wunderbar", teilte er mir anschließend mit. Man muss halt in Bewegung bleiben…

Frühlingsbeginn in dicken Wolldecken

Opa ist ein sparsamer Mensch. Vor allem das Thema Energieverbrauch liegt ihm am Herzen. So hält es Opa zum Beispiel für unnötig, das Licht einzuschalten, wenn er zu nächtlicher Stunde etwas aus einer Schublade nehmen möchte. „Isch weiß genau, wu bei mir alles es! Isch kann die Sache im Dungele greife", erklärt er. „Weil isch iwwerall Ordnung hon."

Auch beim Kochen achtet Opa auf energieeffizienten Einsatz seiner Herdplatten. Wenn er zum Beispiel Salzkartoffeln zubereitet, dann macht er stets einen ganzen Topf damit voll – auch wenn er eigentlich nur wenige Kartoffeln braucht. Das Erhitzen der Herdplatte muss sich schließlich lohnen. „Isch kann och poohr Daach hinneranner Erbel äße", sagt Opa dann. „Dot mäscht mir iwwerhaupt nix aus."

Etwas ungemütlich kann es in Opas Wohnung werden, wenn der Winter laut Kalender beendet sein müsste, tatsächlich aber noch andauert. Denn dann schaltet Opa konsequent alle Heizungen aus. „Rischdisch kalt wird et joh im März nimmi", lautet in diesem Fall die Begründung. „Da muss isch misch ebe emohl in en wohrme Wolldeck enweckele." Der Ausklang des Winters in kalten Räumen scheint Opas Gesundheit übrigens nicht zu schaden. Im Gegenteil: Er wirkt abgehärtet und ist so gut wie nie erkältet. Der jüngeren Generation teilt er deshalb gerne mit, dass sie zu empfindlich sei. Denn wirklich kalt wird es laut Opa ohnehin nur in Russland…

Opa-Trick lässt Gauner alt aussehen

Immer wieder geben sich Betrüger als vermeintliche Verwandte älterer Herrschaften aus, um an deren Geld zu kommen. Der Begriff „Enkel-Trick" steht überdies quasi stellvertretend auch für angebliche Handwerker und falsche Polizisten, die mit Lügen oder überteuerten Preisen Senioren übers Ohr hauen wollen.

Mein mittlerweile 96-jähriger Opa hat eine derartige Situation vor einiger Zeit allerdings kurzerhand umgedreht. Als eines Tages drei unbekannte Männer vor seiner Haustür standen, um das Fallrohr seiner Regenrinne zu erneuern, ließ er diese zunächst gewähren. Die unbestellten Handwerker forderten anschließend natürlich Geld, doch damit bissen sie bei Opa auf Basalt – pardon, Granit! „Isch hon kei Geld", gab er ihnen zu verstehen. „Isch senn en ohrme Rentner, un mei nächste Rente kimmt irscht die anner Woch." Als die Männer schließlich forderten, dass Opa sie zur Bank begleiten möge, sagte er: „Doh honn isch och kei Geld! Ihr musst annermoh widderkomme!" Aufgetaucht sind die Männer danach nie wieder – aber vom Opa-Trick erzählen sie bestimmt noch ihren Enkeln.

Der Stammhalter aus dem Ei

Dank seines inzwischen sehr hohen Alters ist aus Opa nun ein Uropa geworden. Anfang Juni 2016 kam die Tochter meines jüngsten Bruders, seine Urenkelin Johanna, auf die Welt. Opa war immer sehr kinderlieb und somit wirkt Johannas Geburt auf ihn noch einmal wie ein Jungbrunnen – trotz seiner inzwischen schon 93 vollendeten Lebensjahre.

Während sich Opa das Geburtsdatum der Kleinen problemlos merken kann, hat er mit dem Geschlecht allerdings gewisse Schwierigkeiten. Möglicherweise liegt es daran, dass Opa bislang ausschließlich männliche Nachfahren hatte und sich auch die Liebkosungen auf „dä klah Leijser" und „dot es en klahner Fickediefus" beschränkten. Selbst wiederholte Hinweise, dass es sich bei seiner Urenkelin um ein Mädchen handelt, beeindrucken Opa nicht. „Dä Klah es suh sauwer", bemerkt er immer wieder bewundernd. „Dä sieht aus wie ausm Ei gepellt!" Vermutlich hat sich Opa heimlich auch in der nächsten Generation einen männlichen Stammhalter gewünscht, selbst wenn er dies nicht zugeben würde. Sein Kommentar zum Namen seiner Urenkelin lässt das aber zumindest erahnen. „Johanna es en schiene Name", stellt er anerkennend fest. „Nau fehlt nur noch en klaane Johannes!"

In unseren Herzen lebt Opa weiter

Heute muss ich den langjährigen Lesern meiner Geschichten eine traurige Nachricht überbringen. Mein Opa, an dessen Anekdoten sich viele Menschen erfreut haben, ist Anfang der Woche mit 96 Jahren verstorben. Auch wenn wir im Moment alle traurig sind, so überwiegt letztlich die Dankbarkeit, dass Opa bei langer Zeit guter Gesundheit ein sehr hohes Alter erreicht hat. Noch mit über 90 Jahren arbeitete er regelmäßig in seinem Garten und erntete Kartoffeln für die Familie.

Die letzten anderthalb Jahre verbrachte er in einem Seniorenheim, da er sich zu Hause nicht mehr zurechtfand und die Kräfte allmählich nachließen. In der Nacht zu Montag ist er dort friedlich eingeschlafen. Opa blieb sich auch in diesen letzten Momenten treu – einer seiner Leitsprüche war stets: „Bei mir werrn net vill Worde gemacht!" Und so kam sein Tod aufgrund des fortgeschrittenen Alters zwar nicht unerwartet, aber zu diesem Zeitpunkt trotzdem überraschend. Wir werden Opa nun ein würdiges Andenken bewahren und ihn in unseren Herzen tragen. Sein charakteristischer Westerwälder Charme lebt ohnehin weiter, denn Opa hatte für fast jede Lebenslage einen markanten Spruch parat. Höchstwahrscheinlich würde er jetzt sagen: „Ihr braucht net ze kreische! Irschendwann senn mir all emohl on der Reij. Doh wird och fier misch kei Ausnahm gemacht."